宋 王質 譔

周大雅

文王七章

文王在上於昭于天周雖舊邦其命維新有周不顯帝命不時文王陟降在帝左右

作此詩者大率以曉商人文王肇興商人雖亾猶疑未純平周凡此皆曉之辭疑者曰周險遠衰微七百餘年之舊邦勢亦可知曉者曰邦雖舊而命則新將非舊比也疑者曰周不顯如此是必非天所命曉者曰周雖不顯但帝命未值其時言文王升降無不在帝之左右與帝相親如此帝深屬之時至則命集也二者商人之所共疑者也而周人以理以迹曉之具在下章

亹亹文王令聞不已陳錫哉周侯文王孫子文王孫子本支百世凡周之士不顯亦世

曉者又曰以文王之聲名以文王之孫子以文王之士文王之聲名其永長如此終非不顯也而孫子與士亦永長如此皆非不顯者也

世之不顯厥猶翼翼思皇多士生此王國王國克生

維周之楨濟濟多士文王以寧

曉者又曰汝且以爲不顯何所思之士即生所治之國而皆効力幹事以寧王心豈得不顯也

穆穆文王於緝熙敬止假哉天命有商孫子商之孫子其麗不億上帝既命侯于周服

曉者又曰天之命周甚大商之孫子雖其數滋多柰何周既爲天所命不若爲侯于周之服內言土地已屬周也

侯服于周天命靡常殷士膚敏祼將于京厥作祼將常服黼冔王之藎臣無念爾祖

曉者又曰侯服于周疆非我之强臣爾也天命無常忽去彼而就此也以殷士而助周祭當爲我忠臣無念爾先祖而動心也

無念爾祖聿修厥德永言配命自求多福殷之未喪師克配上帝宜鑒于殷駿命不易

曉者又曰不必念舊但自修德以合天所命自求其福毋爲他人掇禍也方殷之未喪爾祖自當配天今殷之不祚可以爲鑒命不可易圖勿妄起念也

命之不易無遏爾躬宣昭義問有虞殷自天上天之

載無聲無臭儀刑文王萬邦作孚
曉者又曰既知天命不易可圖自求多福無遏爾躬若妄圖則爾躬必絕汝但宣明此事以義而問八度商能從天再受命乎我所曉汝者皆天意也天意雖無聲臭可知汝但法傚文王則取信天下汝斯能保福也
聞音曰天鐵因切時上紙切右羽軌切國越逼切服蒲北切京居良切福筆力切易以豉切躬姑宏切天鐵因切臭赤尤切孚房尤切
聞訓曰陳錫猶敷錫也哉如此也言天以此與周也
聞用曰冔商冠也常服不禁祼祭則從周服言亦不絕其先也
總聞曰商德在天下亦深三分有其二以服事商其二有則其一非有此其臣懷疑造變亦不少也惟十九年大統未集予小子其承厥志盡八心未盡一則天命未盡純文王所以終身守節所謂至德也其餘見他詩參攷益明此必文王既沒之後武王未定之時以稱謚知之
大明八章

明明在下赫赫在上天難忱斯不易維王天位殷適使不挾四方

明明文王也商之臣故曰在下赫赫武王也周之君故曰在上天難難信其可信者不變此意而終歸于周王也亦皆曉之辭天位雖在有商之嫡子言紂也而主令已不達于天下言人心已去天命將改也

維德之行

摯仲氏任自彼殷商來嫁于周曰嬪于京乃及王季維德之行

摯國也仲女曰任氏自爾王之畿爲我君之婦來助我之德行葢天意託大任誕文王故遠使之至也此言文王之所由生也

大任有身生此文王維此文王小心翼翼昭事上帝聿懷多福厥德不回以受方國天監在下有命既集文王初載天作之合

在洽之陽在渭之涘文王嘉止大邦有子大邦有子俔天之妹文定厥祥親迎于渭

洽渭之間親迎之地也郃陽渭城皆在長安顏氏郃水名也引此在洽之陽

造舟爲梁不顯其光有命自天命此文王于周于京纘女維莘長子維行篤生武王保右命爾燮伐大商

造舟爲梁今浮橋也親迎而得大姒旣繼太任之事武王將生天命將近也此言武王之所由生也

殷商之旅其會如林矢于牧野維予侯興上帝臨女無貳爾心

言牧野之舉也此章以後多與牧誓武成同辭同意其會如林卽其旅若林也矢于牧野卽予其誓也上帝臨汝卽天休震動用附我大邑周也維師尙父卽旣獲仁人也餘見下

牧野洋洋檀車煌煌駟騵彭彭維師尙父時維鷹揚涼彼武王肆伐大商會朝清明

言尙父之助也鷹揚非尙父益六師衆士也書言虎貔熊羆此言鷹皆武猛貌也尙父毛氏以爲可尙可父鄭氏以爲呂望尊稱司馬氏以爲太公望呂尙東海上人謂之尙者蓋其里號也尙與上同又西伯出獵至渭陽得尙與語曰吾先君大公望子久矣謂之大公望者蓋其稱號也西伯載與俱歸立爲師謂之師者蓋其官號也周有師望敦師望簋官號與稱號兼之也此言師尙者官號與里

號兼之也父者古尊稱也周有師寏父鼎師淮父彝師毛父敦古稱謂多如此劉氏別錄師之尚之父之曰師尚父毛氏亦此意也疑非向前言類魏晉之間淺儒之語也後世以爲官稱大謬鄭氏頗近而不甚詳疑亦意爲之辭而未嘗攷正也會朝清明卽書言甲子昧爽也是日將旦乃牧野誓時亦牧野戰時當是纔誓卽戰尋書可見

聞音曰上辰羊切京居良切行戸郎切身戸羊切福筆力切國越逼切集昨合切彭鋪郎切明謨郎切

聞入曰古稱天子後遂衍出天孫古稱天妹後遂衍出月姊古人以爲莫尊于天男則曰天子女則曰天妹亦是寓言後遂飾爲實語

聞事曰涼爽也與會朝清明相應會戰之時也書亦言會

總聞曰此詩先及王季次及大任先及文王次及大姒先及武王次及尚父始未集天命有天下者五人而已文武爲本宗文王之身因王季大任而有武王之身因文王大姒而有伐商之功因武王尚父而有文王大明兩詩有周之發生作成皆具

于此

緜九章

緜緜瓜瓞民之初生自土沮漆古公亶父陶復陶穴
未有家室

后稷封部不窋鞠公劉四世而始居漆沮之間皆以農事爲務自土當作白土地名在京室漆沮之間公劉之後慶節始國豳皇僕差弗毀喻公非高圉亞圉公叔祖累八世而至古公亶父去豳國岐以陶爲居未有室家也以陶爲蓋于上曰復復覆也以陶爲基于下曰穴穴竅也西人稍深者今尚

如此陶猶今土塹也

古公亶父來朝走馬率西水滸至于岐下爰及姜女
聿來胥宇

周原膴膴堇荼如飴爰始爰謀爰契我龜曰止曰時
築室于茲

得可宇之地也

迺慰迺止迺左迺右迺疆迺理迺宣迺畝自西徂東
周爰執事

計功興役也

乃召司空乃召司徒俾立室家其繩則直縮版以載

作廟翼翼

分官賦事也次第營之先作廟次皐門次應門次冢土是時已有此官俾舉此事氣象已改詩言與周先言岐天作之詩可見

捄之陾陾度之薨薨築之登登削屢馮馮百堵皆興鼛鼓弗勝

築城也廟方作城隨築廟在禮當先城在勢當先所以役人衆而趨役急也鼓督役也人力敏而鼓聲不能及也

迺立皐門皐門有伉迺立應門應門將將迺立冢土

戎醜攸行

此古公亶父規模已成形勢已定也所謂太王肇基王跡

肆不殄厥慍亦不隕厥問柞棫拔矣行道兌矣混夷駾矣維其喙矣

此以下王季事也獯鬻之慍不除問亦不絕養其全力治其新造山林茂道路平夷人雖有馬徒有喙言馬瘠也西方以馬之肥瘠爲國之強弱馬瘠言勢弱也所謂王季其勤王家

虞芮質厥成文王蹶厥生予曰有疏附予曰有先後

予曰有奔奏予曰有禦侮

此以下文王事也虞芮以事問文王如何而方能成言未決也文王以情動虞芮如此而可安生言已決也惟其義理明直所以人情畏服詩人以實推之有此四種之人分治四疆之事所以舉事中節此多士以寧也所謂文王克成厥勳誕膺天命以撫方夏大邦畏其力小邦懷其德如皇矣之密崇大邦畏力也如此詩之虞芮小邦懷德也武成言及王事惟此三人

聞音曰馬滿補切下後五切謀謨極切右羽軌切畝滿彼切家古胡切載節力切陑耳升切馮皮冰切勝書烝切伉苦郎切將七羊切行戸郎切拔蒲眛切駾徒對切後下五切

聞訓曰土落護之謂之捄讀作救繩引量之謂之度讀作鐸築自上築削自旁削下語皆築聲也屢頻也

聞跡曰齊氏自土爲自杜班氏杜水南入渭顏氏公劉來居杜陽漆沮之間皆引此詩虞在河中府虞鄉芮在陝州芮城或言復穴皆地名縣亦地名在天水所謂縣諸道是也地多美瓜末的審爾則

緜緜皆作單讀
總聞曰孟子嘗稱大王去留之迹甚詳滕文公以築薛問以大王去豳居岐對又以事大不免問又以大王去豳居岐對然皆有餘說其初曰君如彼何哉强爲善而已矣其次曰效死勿去請擇斯二者孟子之意世未有知者也避敵去國亾之道也而大王以興自西漸東據形勝以臨關輔其心不在乎避狄而在乎造邦也倘其才其德不如大王其勢其時不如大王則莫若自保孟子餘說露大王之微機雖然何露之有武王明言其肇基王迹顧

第勿深攷耳

棫樸五章

芃芃棫樸薪之槱之濟濟辟王左右趣之
棫白桵也樸槲樕也皆良木薪槱謂燔柴也
濟濟辟王左右奉璋奉璋峩峩髦士攸宜
皆助祭之人也是時周已有祀天之禮
淠彼涇舟烝徒楫之周王于邁六師及之
皆從王出征之人也是時周已有六師之制
倬彼雲漢爲章于天周王壽考遐不作人
在天莫貴于雲漢之章瞻望文王如此顧文王之

壽無窮其遠不止于作成西人而已并能興起作成四方之人也故下言四方遐不如遐不黃耇之辭

追琢其章金玉其相勉勉我王綱紀四方

在地莫貴于金玉之章瞻望文王如此願文王強力不衰四方皆有賴綱紀維持也勉字從力卽此

聞音曰趣此苟切宜牟何切楫籍入切天鐵因切

總聞曰前人多言文王受命稱王之事亦無定論凡稱文王者死而追述爲詩者也凡言辟王我王或單稱王或以國繫王者生而卽事爲詩者也死稱謚生稱位可該凡稱文王者也此詩當是文王

在位之時

旱麓六章

瞻彼旱麓榛楛濟濟豈弟君子干祿豈弟

此言榛楛中言鳶魚後言柞棫又言葛藟皆以山林禽魚草木卜氣象也

瑟彼玉瓚黃流在中豈弟君子福祿攸降

鳶飛戾天魚躍于淵豈弟君子遐不作人

其遠不止作人而又能作物也

淸酒旣載騂牡旣備以享以祀以介景福

瑟彼柞棫民所燎矣豈弟君子神所勞矣

莫莫葛藟施于條枚豈弟君子求福不回

六章皆言豈弟君子言豈弟有以致此也一章不言豈弟君子享祀貴嚴肅不當樂易也

聞音曰濟子禮切弟待禮切降乎功切天鐵因切淵一均切載節力切備蒲北切祀逸織切福筆力切燎力召切勞力報切

聞跡曰毛氏旱山名不言何山今旱谷旱溪在上邽旱麓當近此地

總聞曰子張學干祿非求人爵蓋求天爵也詩再言干祿一干祿豈弟以豈弟干之也一干祿百福以百順干之也孔子荅干祿之問言寡尤行寡悔祿在其中矣其言干祿之意與詩頗同末章求福不回亦首章干祿之意也干字象形正則直生支字亦象形旁則橫出木幹爲干枝爲支術家言支干蓋此意也

思齊五章

思齊大任文王之母思媚周姜京室之婦大姒嗣徽音則百斯男

當是文王已沒大姒無恙故曰寡妻因思大任周

姜之不見而幸大姒之存也

惠于宗公神罔時怨神罔時恫刑于寡妻至于兄弟以御于家邦

因大姒而感文王也故歷道其美宗公自王季以上也事先事神治內治外如此也

雝雝在宮肅肅在廟不顯亦臨無射亦保

在宮在廟如此也臨如今言監臨言不敢肆也保如今言保任言不敢縱也

肆戎疾不殄烈假不瑕不聞亦式不諫亦入

待人如此也戎大也疾病也其病之大者不至于

絶烈猛也假僞也其僞之猛者不發其瘢不聞短于材者亦欽其樸取其眞也不諫拙于言者亦納其訥取其靜也

肆成人有德小子有造古之人無斁譽髦斯士

古人謂昔文王也至今無有厭者今有名有才之士皆文王所成之人所造之子也誰不知所自來安得更復有厭

聞音曰毋莫後切婦房九切男尼心切邦卜工切瑕從叚以叚取聲叶殄德斁相叶末句單結

聞跡曰京室屬上郡大姜配大王當在此也

聞事曰大姒雖多男武王周公及管叔蔡叔霍叔及其羣弟固眾亦未有及百者也詩人雖羨美太妊夸辭當是結大任大姜大姒三人而總之以百男也

總聞曰此思眞思凡思有在上者此之思齊大任思媚周姜思也思皇多祜辭也有在中者願言思子思也綏我思成辭也有在下者不言孝思思也不可射思辭也大率在下者多語助辭也大任大姜言思而大姒不言思明存沒有異也

皇矣八章

皇矣上帝臨下有赫監觀四方求民之莫維此二國其政不獲維彼四國爰究爰度上帝耆之憎其式廓乃眷西顧此維與宅

毛氏二國殷夏四國四方固無謂鄭氏二國殷崇四國密阮徂共尋詩止密與崇蓋阮共等受其侵也徂又似非國名二國恐是密崇四國恐是邰豳岐豐密崇雖盛而其政不得我意于邰豳岐豐察之蓋可付者也帝于密崇亦監觀多年終憎其所爲而遂命周埽蕩也周漸遷漸大皆常垂顧而使之定居也

作之屏之其菑其翳脩之平之其灌其栵啟之辟之其檉其椐攘之剔之其檿其柘帝遷明德串夷載路天立厥配受命既固

言帝轉人心就明德乎時荒僻之地一旦爲串習夷平之路外事旣定又立配以爲助內事又成而天命始固也此謂大王大姜也

帝省其山柞棫斯拔松柏斯兌帝作邦作對自大伯王季維此王季因心則友則友其兄則篤其慶載錫之光受祿無喪奄有四方

自去豳遷岐以來至此已久柞棫松柏至難長之

木今已如此他嘗稱是旣成其邦又成其對謂王季與大王相配也或說大伯王季爲對此止謂造周主事之人大伯與王季作引辭無預于王業也

維此王季帝度其心貊其德音其德克明克明克類克長克君王此大邦克順克比比于文王其德靡悔旣受帝祉施于孫子

言帝度王季其心如此和正凡善必能可比文王而無悔言無慚也又帝祉而延孫子大率自王季發之

帝謂文王無然畔援無然歆羨誕先登于岸密人不

恭敢距大邦侵阮徂共王赫斯怒爰整其旅以按徂旅以篤周祜以對于天下

前二章言天以此事付周其端始發如此次章言天以此人承周其迹漸著如此至此以某事訓文王以某事救文王十八年使大伯當立而不立王季不當立而立意葢在此也經世甲子伐崇乙丑伐密此乃密爲先崇居次恐經世誤密在安定郡崇在京兆密于周京稍遠崇于周京差近據司馬氏崇侯虎與商紂昵厚當是其勢有未易動者故先密後崇司馬氏虞芮質成之明年伐犬戎又明年

伐密須又明年敗耆國司馬氏所說耆卽黎徐氏耆一作阮又明年伐邘又明年伐崇伐崇未幾而西伯卽没密崇先後與詩頗相符不知邵氏何所據而先崇後密也

依其在京侵自阮疆陟我高岡無矢我陵我陵我阿無飲我泉我泉我池度其鮮原居岐之陽在渭之將萬邦之方下民之王

伐密之事既成則王業已就也依在酒泉郡京在上郡阮在渭南縣共在共城縣旅在渭城縣葢密所攘亦廣豈得不先除之也詩連句有兩旅毛氏

前旅師也後旅地名也鄭氏不以旅爲國而乃以
徂爲國恐毛氏爲是
帝謂文王予懷明德不大聲以色不長夏以革不識
不知順帝之則帝謂文王詢爾仇方同爾兄弟以爾
鉤援與爾臨衝以伐崇墉
崇在京兆鄠縣見春秋晉趙盾帥師侵崇當是其
國雖受伐其後原不絕也皆以墉爲辭亦當是其
城爲最恐以城取國名且耜其崇如墉益墉崇四
方所知常談所傳也
臨衝閑閑崇墉言言執訊連連攸馘安安是類是禡

是致是附四方以無侮臨衝茀茀崇墉仡仡是伐是
肆是絕是忽四方以無拂
伐崇之事又成則天下始皆定也此詩其初引辭
皆專爲密崇二事尋詩伐崇頗難于伐密三言崇
墉三言臨衝所以同兄弟以爲黨助不可獨舉也
伐密言萬邦之方有所倣也下民之王有所往也
伐崇言四方無侮四方無拂其勢又重于前商周
興替之形于密崇之舉可見也
聞音曰赫黑各切獲胡郭切度待洛切宅達各切
屛平相叶平聲碎剔亦叶仄聲不獨下句叶也椐

紀庶切柘都故切拔蒲味切友羽軌切兄虛王切慶墟羊切比必里切悔虎隈切子奬禮切援胡喚切岸魚戰切邦卜工切共居容切怒暖五切祜侯古切下後五切京居良切池徒何切革訖力切閑胡田切安於連切禡蒲補切以馬取聲

聞事曰是類是禡裒山川之神而祭之禡野祭也是致是附合邦國之旁域而來之附庸也

聞跡曰詩稱周家多以山爲辭郃幽多曠土少名山至岐山則過于梁山至南山則又大于岐山此所省之山止爲岐山也

聞事曰左氏子魚以爲文王聞崇德亂而伐之軍三旬而不降退修敎而復伐之因壘而降尋詩用力亦不爲少子魚殆飾詞

總聞曰自四章而下三言帝謂伐密稱帝謂一其伐之也先稱文王之德無畔援歆羨而先有意于濟民此伐密之辭端也伐崇稱帝謂者再其伐之也又先稱文王之德不以色不以革不以知識惟順帝以爲法此伐崇之辭端也又次稱詢爾同爾以爾與爾皆稱帝稱爾以帝命將之其辭又詳于前大率詩人主意惟言文王無容心皆奉天爾

靈臺四章

經始靈臺經之營之庶民攻之不日成之經始勿亟

庶民子來

王在靈囿麀鹿攸伏麀鹿濯濯白鳥翯翯王在靈沼

於牣魚躍

臺也囿也沼也辟也廱也皆取美稱也

虡業維樅賁鼓維鏞於論鼓鐘於樂辟廱

於論鼓鐘於樂辟廱鼉鼓逢逢矇瞍奏公

周之先世武王未有天下之前皆稱公如公劉古公公季至伐商開周始追爲王然自大王以上無

見特后稷稱先王亦無號謚也奏公謂奏于先世諸公也古者凡飲必祭先祭先必有尸

聞音曰來六直切伏筆直切逢蒲紅切

聞跡曰左氏秦獲晉侯舍諸靈臺杜氏在京兆鄠縣今在涇州靈臺縣而鄠無之未知孰是又按宰辟父敦王在辟宮冊周麗敦王在雝位格廟冊麗戠敦王格于太室冊戠郁敦王在周召宮格于宣榭冊郁亦謂之師保父宮敦在師保父宮格太室冊牧此總而謂之學其間各有別廟別宮別位惟王意所欲往則即其所發冊亦無定所也此間

不獨發冊其一事耳辟自辟廱自廱又自不同所也

總聞曰此規模制度不若縣差詳葢大勢已定然後及遊觀之所曰靈臺靈囿靈沼是也然後及會集之所辟廱是也後世言靈臺過當以爲靈臺在太廟之中壅之靈沼謂之辟廱又謂明堂外水謂之辟廱殊不及靈囿非不欲及附會不能入也識者更詳

下武六章

下武維周世有哲王三后在天王配于京

武如堂上接武堂下布武之武謂移足躡迹也周之累世皆如人躡武所謂世有哲王也王配于京謂成王也不言謚專謂成王也言王季文王武王三后成王能配之也

王配于京世德作求永言配命成王之孚

此以下謂康王也稱謚嗣子稱厥考也自此皆稱永言或言配命合成王之遺訓也或言孝思順成王之遺志也

成王之孚下土之式永言孝思孝思維則

媚兹一人應侯順德永言孝思昭哉嗣服

一人謂成王也言康王受此一人有無窮之思也

昭茲來許繩其祖武於萬斯年受天之祜

祖謂武王也言康王明其所從來而能不絕武王之迹故永久受福祿也茲許皆辭也

受天之祜四方來賀於萬斯年不遐有佐

有佐謂召公畢公之流也凡所以受福甚遠者以在近有此數人也康王之誥王出在應門之內太保率西方諸侯入應門左畢公率東方諸侯入應門右畢命三后協心同底于道道洽政治澤潤生民四夷左衽罔不咸賴予小子永膺多福尋書與詩相應

聞音曰京居良切孚房尤切服蒲北切祜侯五切

總聞曰五章又言繩其祖武惟以下武爲繼以祖武爲迹前武言下後武言繩不須強說自明

文王有聲八章

文王有聲遹駿有聲遹求厥寧遹觀厥成文王烝哉

遹述也駿大也所述皆大王王季之大事大率周家王業皆始于大王王季而成于文王武王

文王受命有此武功既伐于崇作邑于豐文王烝哉

築城伊淢作豐伊匹匪棘其欲遹追來孝王后烝哉

自己卯卽諸侯位癸亥受西伯命得四十五年次年作豐是年伐崇次年伐密館本案皇矣五章辨文王先伐密後伐崇用史記說此處先崇後密仍用經世說前後不符今姑仍其舊次年伐黎次年伐邘館本案邘原本作邢今据史記改皇矣五章亦作邘下章注同所以如此之急非逞私欲蓋述先志也

王公伊濯維豐之垣四方攸同王后維翰王后烝哉

崇在東密在西黎邘在北江漢在南各自此以往皆攸同也三分天下有其二惟自北差未純耳

豐水東注維禹之績四方攸同皇王維辟皇王烝哉

此詩言四方攸同者二前文王之詩曰四方攸同

又曰王后維翰如不有榦倘可沿而登也後武王之詩亦曰四方攸同又曰皇王維辟如屋有壁不可沿而升也文武之氣象可見翰榦也辟猶壁也通用

鎬京辟廱自西自東自南自北無思不服皇王烝哉

考卜維王宅是鎬京維龜正之武王成之武王烝哉

今京兆長安縣西北靈臺鄉在灃水上卽豐是也昆明池北卽鎬是也在長安相去不數十里之間而鎬稍東聖智覽觀如此今攷長安圖自長安稍東則土地形勢沃衍宏壯秦又稍東而少南漢承

秦舊隋叉稍東而多南唐承隋舊近南山則其勢愈盛可見文王武王之意秦隋之勢夫何遜于古惟其所以種之者非正氣而將之者非嘉澤故不能純粹而堅凝也

豐水有芑武王豈不仕詒厥孫謀以燕翼子武王烝哉

凡爲國者有以詒孫卽有以燕子也遠尙如此近者可知翼者如鳥有翼附我身而生者也厥考翼翼自內舒者也民獻有十夫予翼翼自外助者也訓敬恐非翼曰有今日則有明日亦翼子之義也

聞音曰減況域切孝許六切記孝者畜也如禮者履也德者得也古多如此雖孟子亦曰仁者人也故當以義取聲翰胡干切服蒲北切京居良切正諸盈切仕鉏里切子獎禮切

聞物曰芑是陸禾薄言采芑于彼新田于此菑畝生民是穫是畝恒之糜芑卽此芑也毛氏鄭氏皆以爲草叉不言何草菑謂豐人灌漑田畝而生芑禾言其當也亦如涇水一石其泥數斗且灌且漑長我禾黍

總聞曰舊移武成次第而武成一篇遂整今移文

王有聲次第而文王有聲一詩亦頗明以皇王二
章置在末章之後不用勞心訓釋用力差次而周
家始末之跡昭然可見也

詩總聞卷十六

後學　王簡　校訂

宋 王質 譔

生民八章

厥初生民時維姜嫄生民如何克禋克祀以弗無子履帝武敏歆攸介攸止載震載夙載生載育時維后稷

大率推本所從來多曰生民如縣民之初生首二句總起辭以下言后稷所以生也祀禋之時履帝之跡敏歆皆動意也若有相感者也

誕彌厥月先生如達不坼不副無菑無害以赫厥靈上帝不寧不康禋祀居然生子

彌月受胎盈月也先生長子也所謂無子方有子也有孕在胎則母肌膚多裂疾病多生今姜嫄無之然不安者以有感而無實居然有子懼爲人所疑也

誕寘之隘巷牛羊腓字之誕寘之平林會伐平林誕寘之寒氷鳥覆翼之鳥乃去矣后稷呱矣實覃實訏厥聲載路

惟其不安所以不敢育也

誕實匍匐克岐克嶷以就口食蓺之荏菽荏菽旆旆

禾役穟穟麻麥幪幪瓜瓞唪唪

既長大則有知識自就人求食言猶不肯育也自能就食卽能蓺種言天性也

誕后稷之穡有相之道茀厥豐草種之黃茂實方實苞實種實褎實發實秀實堅實好實穎實栗卽有部家室

人疑其不習而自能故知天相也今比就食初能之時又加進也其母始卽其地成其家姜嫄有部氏之女也當是后稷婿母黨部城在斄縣鄠氏引此詩以爲后稷之封邑

誕降嘉種維秬維秠維穈維芑恒之秬秠是穫是畝恒之穈芑是任是負以歸肇祀

方任農事供國祭帝舜播穀之時也見書

誕我祀如何或舂或揄或簸或蹂釋之叟叟烝之浮浮載謀載惟取蕭祭脂取羝以軷載燔載烈以興嗣歲

自后稷未播穀以前民多阻飢祀亦不奉至此始以所登之禾爲祀神之禮今歲如此來歲復然永爲不易之法也

卬盛于豆于豆于登其香始升上帝居歆胡臭亶時

后稷肇祀庶無罪悔以迄于今

帝所歆歆其臭也何其臭之信得時言以時種歛故其臭彡芳也總以黍稷結郊祀自后稷肇祀天下之人無罪無悔至于今皆安益無飢則自饗善也皆由后稷肇之此詩兩稱肇祀言前此未有也

聞音曰嫄魚倫切祀養里切子獎禮切夙相即切育越逼切達徒對切害瑕憩切林自與切林叶上下四句中之字各與末之字相叶但讀句至中之字少止單舉隘巷平林寒氷則之字自顯去起居切訏虛虞切匐蒲北切嶷魚極切幪莫孔切唪布

孔切道徒厚切草此苟切茂莫口切苞補抽切好許候切秠孚鄙切畝蒲罪切負蒲猥切祀養里切揄夷周切蹂而由切叟所留切軷蒲昧切烈力制切時上紙切以今單結

聞事曰婦人初誕子最難俗謂之頭生既先生而又達亦表異也如讀作而古字多用此不必作形似之如羊子之達

聞字曰腓肥也音肥言字之而肥也翼擁也音阜言以翼而擁也腓字覆翼倒用亦下語之法此詩兩節最大一后稷初生一國祀初肇兩節俱作如

何起辭問之其下布辭甚多問而發之則從容條
暢此亦下語之法

聞用曰肇祀郊祭也而言郊祭甚略言社祭頗詳
自浮浮以上郊祭也自載謀以下社祭也言載謀
載惟者郊祀已畢

行葦四章 館本案原本缺頁今補錄經文于左

敦彼行葦牛羊勿踐履方苞方體維葉泥泥戚戚兄
弟莫遠具爾或肆之筵或授之几

肆筵設席授几有緝御或獻或酢洗爵奠斝醓醢以
薦或燔或炙嘉殽脾臄或歌或咢

敦弓既堅四鍭既鈞舍矢既均序賓以賢敦弓既句
既挾四鍭四鍭如樹序賓以不侮

曾孫維主酒醴維醹酌以大斗以祈黃耇黃耇台背
以引以翼壽考維祺以介景福

既醉八章

既醉以酒既飽以德君子萬年介爾景福

此人臣之辭君子指王者也古人醇質未拘萬年
之文然歸君上爲多

既醉以酒爾殽既將君子萬年介爾昭明

昭明有融高朗令終令終有俶公尸嘉告

公而爲尸者也此畢祀飲福也兩章皆言旣者盡
其禮竟其事也令終亦然故知是畢祀之時
其告維何籩豆靜嘉朋友攸攝攝以威儀
此以下皆嘉告之詞一攝朋友先賓也二錫孝子
次嫡嗣也三錫祚胤又次庶嗣也四及臣僕又次
羣臣也五釐女士併及外孫子也又次外族也
威儀孔時君子有孝子孝子不匱永錫爾類
其類維何室家之壼君子萬年永錫祚胤
其胤維何天被爾祿君子萬年景命有僕
其僕維何釐爾女士釐爾女士從以孫子

釐臣以女者下嫁也
聞音曰福筆力切明謨郎切俶尺叔切告姑沃切
嘉居何切儀牛何切時上紙切子獎禮切壼苦俊
切士鉏里切
總聞曰以酒爲重以食爲輕人之常情又文勢如
此則語健而意長若以德爲食韻旣叶字亦整然
古人措辭常若有更易參差葛覃薄汚我私薄澣
我衣私不可以配衣采菽赤芾在股邪幅在下下
不可以配股都人士帶則有餘髮則有旟餘不可
以配旟鳧鷖爾酒旣湑爾殽伊脯脯不可以配湑

詩多如此亦非有意而然蓋承襲習慣所致也

鳧鷖五章

鳧鷖在涇公尸來燕來寧爾酒既清爾殽既馨公尸燕飲福祿來成

此必出都城至涇水游觀之間燕飲之際所見者也古禮凡飲必祭先凡祭必有尸涇水出岍頭山入渭安定有臨涇及涇陽縣下章稱沙水旁曰沙稱渚水中小洲曰渚稱潨水外之高者曰潨稱亹山絕水曰亹皆謂涇也大率此詩以涇為主

鳧鷖在沙公尸來燕來宜爾酒既多爾殽既嘉公尸

燕飲福祿來為

鳧鷖在渚公尸來燕來處爾酒既湑爾殽伊脯公尸燕飲福祿來下

鳧鷖在潨公尸來燕來宗既燕于宗福祿攸降公尸燕飲福祿來崇

公尸之中又其最尊者也待最尊之尸異于以次之尸故稍別其辭不與前後相埒也

鳧鷖在亹公尸來止熏熏旨酒欣欣燔炙芬芬公尸燕飲無有後艱

所受之福祿皆今之福祿也願自是以後勿難于

錫福言常如今也
聞音曰沙桑何切莎與娑並以沙得音宜牛何切
嘉居何切爲吾禾切下後五切降乎功切亹眉貧
切艱居銀切
聞跡曰亹讀如浩亹之亹水流峽岸若門也浩亹
水出西塞至允吾入湟水至上邽入涇水
總聞曰有尸必有祝凡此稱酒殽及福祿者皆嘏
辭也
假樂四章
假樂君子顯顯令德宜民宜人受祿于天保右命之
自天申之
唐諱皆改民爲人民人衆之通稱不必分安民官
人也

干祿百福子孫千億穆穆皇皇此宜君宜王不愆不
忘率由舊章
先美後勸也君君國王王天下皆當守先世舊法
也
威儀抑抑德音秩秩無怨無惡率由羣匹受福無疆
四方之綱
之綱之紀燕及朋友百辟卿士媚于天子不解于位

民之攸塈

全美也君燕其臣臣媚其君固足爲樂君勸于君之位臣勸于臣之位然後民安于民之所然後爲樂也

聞音曰天鐵因切命彌并切福筆力切友羽軌切

聞訓曰今以媚爲諂昔以媚爲悅爲愛鄭氏愛也許氏悅也詩兩稱媚于天子其他媚茲一人媚于庶人上下皆通爲美稱也

聞句曰前兩章各三句一叶後兩章四句一叶兩句一叶吳氏以爲或不用韻葢每兩句爲一讀所以不叶也故談詩不可拘定律

總聞曰此詩皆媚上之辭反覆尋之非苟爲媚者也

公劉六章

篤公劉匪居匪康迺場迺疆迺積迺倉迺裹餱糧于橐于囊思輯用光弓矢斯張干戈戚揚爰方啟行

公劉自邰遷豳而終能變舊漸至成邦者非厚何以致之篤公劉以下皆厚之迹也行不敢居居不敢康居有積行有齎此所以相與輯而不散且有光也總言行居之大槩也弓矢以下言整旅遷豳

也
篤公劉于胥斯原既庶既繁既順迺宣而無永歎陟則在巘復降在原何以舟之維玉及瑤鞞琫容刀

此詩于京斯依于豳斯館例而推之胥恐是地名姑臧有揟次孟氏音子如反疑此胥也雖君民雜行而上下有辨者衣服有異也此亦示衆不慢不媟之道也

篤公劉逝彼百泉瞻彼溥原迺陟南岡乃覯于京京師之野于時處處于時廬旅于時言言于時語語

此相都也京地名在上郡杜陽漆沮之間所謂京

室者也百泉恐即百澗

篤公劉于京斯依蹌蹌濟濟俾筵俾几既登乃依乃造其曹執豕于牢酌之用匏食之飲之君之宗之

此言定居為樂也依地名在涸泉

篤公劉既溥既長既景迺岡相其陰陽觀其流泉其軍三單度其隰原徹田為糧度其夕陽豳居允荒

此相地料民出軍也周制五人為伍五伍為兩計二十五人四兩為卒五卒為旅計五百人五旅為師五師為軍計一萬二千五百人今計豳民以定卒伍至于三軍而始單則合豳之境盡豳之民共

得三萬七千五百人凡起徒役毋過家一人則是
三萬七千五百家也其餘爲羨不知其幾也
篤公劉于豳斯館涉渭爲亂取厲取鍛止基迺理爰
衆爰有夾其皇澗遡其過澗止旅迺密芮鞫之即
此賦工取具也皇澗過澗皆是澗名旅密芮鞫皆
是地名旅以字爲地名鞫以名爲地名與密芮皆
在陰密芮城之間至今鐵器皆精唐邠州貢翦刀
火箭之屬厲鍛之餘俗也
聞音曰行戸郎切繁汾乾切蘡他涓切巘魚軒切
舟之遥切京居良切野上與切依於豈切單多涓

切有羽軌切
聞跡曰毛氏皇澗過澗皆澗名傍渭澗名甚多有
神澗有百澗有長澗有夾澗夾澗恐是夾其皇澗
酈氏渭水東而右合南山五溪水夾澗流注之恐
是此澗有歷澗恐是遡其過澗合渭有長蛇水出
數歷山山下有歷澗歷者過也恐是此澗又中牢
水東會左陽水世謂之西水北出河桃谷世謂之
返眼泉此地水勢逆上遡逆也恐是此澗莫得其
的
聞用曰舟古篆此亞形葢在腰之象也爻舟輒周

虞敦皆然
聞事曰相其陰陽南北也度其夕陽正西也此以日景所測者也周制以土圭之法測土深正日景以求地中日南則景短多暑日北則景長多寒日東則景夕多風日西則景朝多陰是時已有此制也
總聞曰觀七月人情如此則此時雖勞民所樂從事也

泂酌三章

泂酌彼行潦挹彼注茲可以餴饎豈弟君子民之父

母
言務爲省儉不爲繁侈也君子如此始可以爲民父母君子恐指公劉尋詩似是草創之時遠外之地而又在公劉之後氣象相肖也

泂酌彼行潦挹彼注茲可以濯罍豈弟君子民之攸歸

泂酌彼行潦挹彼注茲可以濯溉豈弟君子民之攸塈

聞音曰母滿罪切溉居氣切
聞事曰序以爲召康公戒成王凡三詩公劉則成

王洫政美公劉之厚于民而獻是詩卷阿則求賢用吉士猶之可也此則言皇天親有德饗有道尋詩葢無見葢見詩之所述者小故廣而言之者大以附合其爲大雅也如既醉不見太平而言太平鳧鷖不見守成而言守成皆有意于附合今亦猶之可也而此則不可以不略辨或者如何爲德如何爲道德如何親道如何饗道德析爲兩位親饗別爲兩歧葢自先時與後世開拘儒曲士之門不知爲序者何人其遺害未易可言也

總聞曰毛氏鄭氏泂皆遠也集韻戸茗切中有迥有泂同音各訓迥遠也泂滄也畎迥切中泂寒也胡瑩切中有迥無泂況永切中泂亦滄也醯經涓瑩欽熒三切中一泂滄也一大泂地名一曰水貌如用地名則泂一字單起尤佳當是泂一字不成文故加酌字葢引四詩三詩皆雙名一詩難單名也細攷用水貌爲長水貌即滄也寒也

卷阿十章

有卷者阿飄風自南豈弟君子來游來歌以矢其音

卷阿君子隱地也南風君子出時也卷阿之中南風之際草木茂盛風氣清美而隱居之君子來陳

其所言也既游且歌喜之辭也

伴奐爾游矣優游爾休矣豈弟君子俾爾彌爾性似先公酋矣

爾土宇昄章亦孔之厚矣豈弟君子俾爾彌爾性百神爾主矣

爾受命長矣茀祿爾康矣豈弟君子俾爾彌爾性純嘏爾常矣

人君之願欲莫大于心神安且舒惟君子能使之滿其意繼世而長先公之遺民有功于君一也又莫大于土宇廣且明惟君子能使之滿其意在上

而主合國之羣神有功于君二也又莫大于壽考之永且安惟君子能使之滿其意無時而不受上天之福有功于君三也君子何負于君而不使之在位乃使之在野今幸其肯來不可失也

有馮有翼有孝有德以引以翼豈弟君子四方爲則

君子又可爲天下之則也

顒顒卬卬如圭如璋令聞令望豈弟君子四方爲綱

君子又可爲天下之綱也

鳳凰于飛翽翽其羽亦集爰止 止 藹藹王多吉士維君子使媚于天子

君子又能使多士皆愛上也

鳳凰于飛翽翽其羽亦傅于天止藹藹王多吉人維君子命媚于庶人

鳳凰鳴矣于彼高岡梧桐生矣于彼朝陽菶菶萋萋雝雝喈喈

鳳凰謂吉士也梧桐茂則鳳凰來君子進則多士集當是卷阿之君子士望所歸民情所附能表率者也

君子之車既庶且多君子之馬既閑且馳矢詩不多維以遂歌

今則君子之車不患不庶且多君子之馬不患不閑且馳有一于此不欲多爲之辭但憑歌導意而已謂必當誠信相與久長不替也

聞音曰南尼心切厚狠口切主當口切卬五剛切望無方切士鉏里切使爽士切天鐵因切命彌并切喈居奚切馳唐何切

總聞曰孟子所謂太公居東海之濱聞文王作興曰盍歸乎來伯夷居北海之濱聞文王作興曰盍歸乎來此來游來歌者雖未必二老而人品相似氣象相似要當如二老者也尋詩他未可以當政

使可當而出處進退之節不與游歌相倫太公固
及見成王之朝而伯夷來歸之後卒以叩馬而終
采薇如孟子之言後世之所取信則此詩當歸文
王或述文王之事于成王之時以相諷勸容或有
之所謂矢詩不多維以遂歌者也識者更詳

民勞五章

民亦勞止汔可小康惠此中國以綏四方無縱詭隨
以謹無良式遏寇虐憯不畏明柔遠能邇以定我王
五章皆以民亦勞止爲首辭以惠此中國爲次辭
以無縱詭隨爲又次辭以式遏寇虐爲又次辭疲

中國之民事外夷之域皆詭隨者有以導上意故
暴虐者有以害下民也

民亦勞止汔可小休惠此中國以爲民逑無縱詭隨
以謹惛怓式遏寇虐無俾民憂無棄爾勞以爲王休
當是此時民既勞王亦勞詭隨者亦勞故曰以定
我王以爲王休又曰無棄爾勞大率此徒本欲邀
功生事而爲固位擅權之謀其君亦欲好大喜功
而爲夸古炫今之計至于有害而無利有虧而無
成則君臣皆弊國家兩亾如晉末帝薛文遇是也

民亦勞止汔可小息惠此京師以綏四國無縱詭隨

以謹罔極式遏寇虐無俾作慝敬愼威儀以近有德
敬持己好近賢則王定王休可立致也
民亦勞止汔可小愒惠此中國俾民憂泄無縱詭隨
以謹醜厲式遏寇虐無俾正敗戎雖小子而式弘大
戎雖小子言少年也而所圖甚大所謂智小而謀
大力小而任重鮮不及者也責之辭也
民亦勞止汔可小安惠此中國國無有殘無縱詭隨
以謹繾綣式遏寇虐無俾正反王欲玉女是用大諫
王貴汝之器故用汝之謀至其敗事則雖貴汝而
不得言必至于誅戮勸之辭也我是以諫止王汝

無以我害汝而讒我也亦防小人爲後患也
聞音曰明謨郎切惙尼猶切國越逼切泄以世切
大持計切易以光大也與際叶中末大也與歲叶
未光大也與末叶光大也與外叶太玄亦然吳氏
以安爲於連切殘爲財先切如今音自可叶諫九
輦切荀氏左氏皆作簡古簡讀如蹇
總聞曰此小子卽板之小子也是用大諫兩詩皆
言之民亦勞止亦下民卒癉之意惠此中國亦曾
莫惠我師之意以謹繾綣亦無爲夸毗之意而式
弘大亦憲憲泄泄謔謔蹻蹻之意無俾正敗無俾

正反亦勿以爲笑之意大率相同甚多恐是其作
同出一人所指亦爲一人但此詩辭簡而肅板詩
辭周而和也

板八章

上帝板板下民卒癉出話不然爲猶不遠靡聖管管
不實于亶猶之未遠是用大諫

大率詩人之人情人事多託天爲辭板板猶鬱結
而不舒人情如此可見其病也見民之病口爲美
言而身爲淺謀靡聖以下言非王如此自恣也以
不誠爲誠所以發汝之淺謀我不忍坐視而諫止
也

天之方難無然憲憲天之方蹶無然泄泄辭之輯矣
民之洽矣辭之懌矣民之莫矣

天乎人以爲勢方危而汝情悅人以爲勢方動而
汝情舒汝纔發善言卽可安疲民也嘵之辭也

我雖異事及爾同寮我卽爾謀聽我囂囂我言維服
勿以爲笑先民有言詢于芻蕘

此必所任之事不同而所聯之位則近我就汝爲
謀欲使汝免禍而汝反出多談言設辭相沮也責
之辭也我所言人莫不服而汝獨發笑政使我不

足采亦芻蕘之流先民豈肯棄也言發笑見輕也
亦責之辭也
天之方虐無然謔謔老夫灌灌小子蹻蹻匪我言耄
爾用憂謔多將熇熇不可救藥
天乎王方任汝而虐民汝不可以爲喜也我以老
年故款以告汝而汝以少年反躍以驕我也亦責
之辭也非我年耄而言錯亂汝以憂爲喜多則將
熾盛雖我亦無由救藥言今尚可亦責之辭也
天之方懠無爲夸毗威儀卒迷善人載尸民之方殿
屎則莫我敢葵喪亂蔑資曾莫惠我師

天乎王方任汝而反怒善言汝不可更以柔相順
也他日終至于迷則善人皆如尸而不復言及今
未甚善人尚肯畧言也亦責之辭也民如此受苦
誰敢揆度其所以然者言不敢預此事也所以蔑
資而莫肯惠衆者皆不敢預此而無與共謀者也
亦責之辭也
天之牖民如壎如篪如璋如圭如取如攜攜無曰益
牖民孔易民之多辟無自立辟
天乎王之導民非難如壎篪如圭璋取攜則立至
言上欲定民害不舉意舉意即見效矣勸之辭也

汝不可以攜壎篪圭璋爲徒重我手也如牖民必變心王攜壎篪則可以誘民和攜圭璋則可以誘民莊必至于甚變也民既多邪而汝自爲邪以邪濟邪此心不易此患未艾汝何不以此告王亦勸之辭也

价人維藩大師維垣大邦維屏大宗維翰懷德維寧宗子維城無俾城壞無獨斯畏

汝勿謂有藩垣屏翰懷我德而不敢動又有同宗以爲固何患乎民言雖虐民而無害不自悛也亦勸之辭也汝所恃如此不可使之壞苟壞則不獨汝有所畏避也言同類皆蹈其患也亦勸之辭也

敬天之怒無敢戲豫敬天之渝無敢馳驅昊天曰明及爾出王昊天曰旦及爾游衍

天乎王怒可畏汝勿玩而勿恤王變可驚汝勿恣而不顧君恩不可恃少移而不保亦勸之辭也天乎王但未明苟明則與汝所出所往者盡知之王但未旦苟旦則與爾所游所肆者亦盡知之也言不可欺王之昏而無所憚也亦勸之辭也末章以害勸及同類蓋同惡相濟其人雖欲回而其類未必肯回故無獨斯畏之辭及爾出王及爾游衍之

辭皆善措意者也

聞音曰難泥沿切憲虛言切輯祖合切懌弋灼切鄧五刀切笑思邀切屎許伊切易夷益切辟匹亦切翰胡干切壞胡罪切明謨郎切旦得絹切衍怡戰切

聞事曰毛氏上帝稱王鄭氏天亦斥王也詩人措辭不如此稱帝稱天皆呼之辭呼而發語陳事也聖乃斥王也

總聞曰此老而練少而儇者之辭也終始曲折勸之無怒心無峻語至王則仍有美辭以聖言以明言以旦言斯人其愛君憂國者也

詩總聞卷十七

後學　王僩　校訂

詩總聞卷十八

宋 王質 譔

蕩八章

蕩蕩上帝下民之辟疾威上帝其命多辟天生烝民其命匪諶靡不有初鮮克有終

訴上帝曰爲邪者民也非我也又訴上帝曰使民爲邪者帝也非我也此商王自解之辭端也天生衆民其命誠難信初雖善終歸惡又自解之辭也

文王曰咨咨女殷商曾是彊禦曾是掊克曾是在位曾是在服天降滔德女興是力

文王嗟之曰彊禦掊克居爾之位任爾之服天生此等倨慢之人汝不欲抑之使衰反長之使興其力也若是倘歸咎于天與民乎斥其自解之非也

文王曰咨咨女殷商而秉義類彊禦多懟流言以對寇攘式內侯作侯祝靡屆靡究

文王又嗟之曰秉義類者彊禦之徒則怨之衆流言者寇攘之徒則親之以祝詛爲常然無極無窮也倘歸咎于天與民乎亦斥其自解之非也

文王曰咨咨女殷商女炰烋于中國斂怨以爲德不明爾德時無背無側爾德不明以無陪無卿

文王又嗟之曰以強梁歛怨而反爲德所以不明其實有德者無在後在側之賢人也實有德所以不明者無爲卿之賢者也是故以歛怨爲德也尚歸告于天與民乎亦斥其自解之非也

文王曰咨咨女殷商天不湎爾以酒不義從式既愆爾止靡明靡晦式號式呼俾晝作夜

文王又嗟之曰天未嘗令汝沈酒汝以不義爲法故以沈酒爲當然也晦而飲明而止既過所止則以明爲晦號呼亂神故晝夜易景也尚歸告于天與人乎又斥其自解之非也

文王曰咨咨女殷商如蜩如螗如沸如羹小大近喪人尚乎由行內奰于中國覃及鬼方

文王又嗟之曰蜩螗時變則寂沸羹火緩則息汝去亾甚近而相化之人尚相從而行其不平之憤自中國達于遠夷犯衆怒之多也尚可歸告于天與人乎又斥其自解之非也

文王曰咨咨女殷商匪上帝不時殷不用舊雖無老成人尚有典刑曾是莫聽大命以傾

文王又嗟之曰非天不與汝以時不用舊而喜新故相導至此老成人已往而老成人之法尚存有

及此者曾不見聽安得不傾向歸告于天與人乎
又斥其自解之非也
文王曰咨咨女殷商人亦有言顛沛之揭枝葉未有害本實先撥殷鑒不遠在夏后之世
文王又嗟之曰木之將拔枝葉未凋木根先撥汝已往之鑒在夏之世未來之鑒復在汝之世矣尚歸告于天與人乎又斥其自解之非也示之往鑒幸其或改也
聞音曰上辟舊必亦切君也下辟舊匹亦切邪也板上辟邪也下辟法也左氏引此詩杜氏亦然今

皆訓邪皆從匹亦詩固有字同意異者此則字意相似不必分也終諸仍切服蒲北切祝周救切國越逼切側莊力切明謨郎切卿墟羊切式失吏切呼火故切夜羊茹切羹盧當切喪蘇郎切行戶郎切時上紙切舊巨已切揭去例切撥方吠切
聞跡曰楚俗多鬼高宗伐鬼方郎殷武荊楚此舉最險遠者言之
聞人曰鄭氏老成人伊尹伊陟臣扈之屬書稱女無侮老成人常談如此不必指名也
總聞曰商王為人之詳見書甚明所謂乃罪多參

在上乃能責命于天大率其人好責人而不責已
好道非不悔過祖伊之語與此詩相符

抑十二章

抑抑威儀維德之隅人亦有言靡哲不愚庶人之愚亦職維疾哲人之愚亦維斯戾

以其威儀見其德哲人常事庶人之愚不能安于此亦愚人常事然賢者之哲而乃愚亦有戾于此其時險惡可見古者被髮佯狂皆出此時吳皓齊洋之事可見

無競維人四方其訓之有覺德行四國順之訏謨定

命遠猶辰告敬慎威儀維民之則

此哲人所欲告君者也所告者人也德行也大要以敬威儀爲本

其在于今興迷亂于政顛覆厥德荒湛于酒女雖湛樂從弗念厥紹罔敷求先王克共明刑

此哲人所欲戒君者也所戒者迷也顛覆也荒湛也大要以求先王共明刑爲本

肆皇天弗尚如彼泉流無淪胥以亾 止 夙興夜寐洒埽廷內維民之章 止 脩爾車馬弓矢戎兵用戒戎作用逷蠻方

此哲人所欲勸君者也所勸者灑埽庭內也修車馬弓矢也大要以勤夙夜爲本

質爾人民謹爾侯度用戒不虞愼爾出話敬爾威儀無不柔嘉白圭之玷尚可磨也斯言之玷不可爲也

此又哲人所欲勸君者也所勸者質人民也謹侯度也戒不虞也大要以謹言語敬威儀爲本

無易由言無曰苟矣莫捫朕舌言不可逝矣無言不讐無德不報惠于朋友庶民小子子孫繩繩萬民靡不承

此又哲人所欲戒君者也所戒者勿易言語也大

要以惠臣民爲本

視爾友君子輯柔爾顏不遐有愆相在爾室尚不愧于屋漏無曰不顯莫予云覯神之格思不可度思矧可射思

此又哲人所欲戒君者也所戒者勿近柔佞也大要以敬神明爲本

辟爾爲德俾臧俾嘉淑愼爾止不愆于儀不僭不賊鮮不爲則投我以桃報之以李彼童而角實虹小子

此又哲人所欲戒君者也所戒者愆也僭也賊也大要以報善言遠頑童爲本

荏染柔木言緡之絲溫溫恭人維德之基其維哲人
告之話言順德之行其維愚人覆謂我僭民各有心
　哲人之話言皆如此當順而行之愚人反謂此言
　爲僭哲愚各有心在所以察之也
於乎小子未知臧否匪手攜之言示之事匪面命之
言提其耳借曰未知亦既抱子民之靡盈誰夙知而
莫成
　王雖曰未知既已抱子益其君不爲幼沖也民之
　不滿者孰早有所知而暮有所成言雖知未能遽
　成也王若有所知漸進以圖功苟無所知雖欲冀

　成自不可得也大率欲王知哲愚之當從違也
昊天孔昭我生靡樂視爾夢夢我心慘慘誨爾諄諄
聽我藐藐匪用爲教覆用爲虐借曰未知亦聿既耄
　見其君無所知則我心有所憂愬之于天不以有
　生爲樂甚憂之辭也不采我之所言而反以教爲
　虐王心昏塞顛倒如此以爲未知必待既耄言此
　時當有所知又何待也
於乎小子告爾舊止聽用我謀庶無大悔天方艱難
曰喪厥國取譬不遠昊天不忒回遹其德俾民大棘
　告爾不爲不久若能聽用則庶幾無悔不然則雖

悔無及也故又盡言之今天思我以艱難將速于以喪亾我所取譬不遠維德之隅一喻也如彼泉流二喻也白圭之玷三喻也投我以桃報之以李四喻也荏染柔木言緡之絲五喻也所喻如此愬之于天切不可差忒也爾或回遹民用困急則喪亾不可救也

聞音曰疾集二切告古得切政諸成切叶今汝雖湛樂爲句從弗念厥紹爲句樂魚教切叶紹刑寒剛切叶王大卒陽庚兩音多通用兵補茫切虞元具切儀牛何切嘉居何切爲吾禾切言旁紐作孽

苟旁紐作格集韻舌逝皆食列切四字無不叶也以矣相叶亦可然吳氏以爲未詳非也譬市又切報敷救切友羽軌切子奬禮切格剛鶴切度待洛切射弋灼切嘉居何切儀牛何切絲新齋切言魚巾切今西人猶作此音否補美切事上止切昭之笑切樂魚教切慘七到切藐眉教切虐宜照切國越逼切

總聞曰其初歷舉哲人之語言自於乎小子而下則巳之語也哲人畏禍茹言而不吐我畏義盡情而不匿當是彼疏此親彼當用邦無道則愚之法

此當用同姓之卿之法不但分親亦當屬尊壽詩可見厲王在位四十七年在彘十五年計六十二年方嗣位必少年此稱小子殆是

桑柔十三章桑柔舊爲十六章雪山自第八章以下合併爲十三章篇末當有闕章今佚

菀彼桑柔其下侯旬捋采其劉瘼此下民不殄心憂倉兄塡兮倬彼昊天寧不我矜

桑柔初茁而未盛也止可維旬過旬則捋采稀疏言不久也言民甚病不可以支歲月也繼又愬之于天大率人情無所洩則愬之于天似怨天非怨天也聲怨于天歸怨于人故天者萬物輸情之所也

四牡騤騤旟旐有翩亂生不夷靡國不泯民靡有黎具禍以燼於乎有哀國步斯頻

世治見旟旐以爲喜世亂見車旌以爲哀此總言亂之狀也

國步蔑資天不我將靡所止疑止云徂何往君子實維止秉心無競誰生厲階至今爲梗

當位者不以正固爭而以默爲事此厲階所以至今爲梗也此總言禍之端也

憂心慇慇念我土宇我生不辰逢天僤怒自西徂東
靡所定處多我覯痻孔棘我圉
此總言已奔走困急之狀也
爲謀爲毖亂況斯削告爾憂恤誨爾序爵誰能執熱
逝不以濯其何能淑載胥及溺
濯所以救熱用之不善則反以及溺我告我誨爾
當善用之
如彼遡風亦孔之僾民有肅心荓云不逮好是稼穡
力民代食稼穡維寶代食維好
此條舉之事也力民所以作稼穡反不得食而有

代食者是力民藝之而他人食之也如是代食者
坐享所奉豈不自以爲嘉則代食爲民之病也
天降喪亂滅我立王降此蟊賊稼穡卒痒哀恫中國
具贅卒荒靡有旅力以念穹蒼
此條舉之事也不幸降蟊賊以病稼穡身有所屬
力無所施故田卒至于荒則力役爲民之病二也
大率禍亂之源皆生于農事之廢
維此惠君民人所瞻秉心宣猶考愼其相維彼不順
自獨俾臧自有肺腸俾民卒狂瞻彼中林甡甡其鹿
朋友已譖不胥以穀人亦有言進退維谷

此以下多稱維此維彼維此者欲其爲此也維彼
者欲其不爲彼也此秉心宣猷則考其質者彼自
有肺腸則使其狂者惟其自有肺腸所以交相譖
而不相善也

維此聖人瞻言百里維彼愚人覆狂以喜匪言不能
胡斯畏忌

此所見者遠所言者遠彼或覆或狂喜覆狂則不
喜遠者也賢者豈不能分別此爲覆爲狂何用犯
此畏忌以詒我危辱也言時不可正言也

維此良人弗求弗迪維彼忍心是顧是復民之貪亂

寧爲荼毒大風有隧有空大谷

此懷良心者既不求亦不進彼懷忍心者既加顧
又加復既愛忍心則必不愛良心者也故貪亂者
安爲荼毒而無復惻怛也凡當毒者皆當大風之
衝大空之谷可見人之危恐也

維此良人作爲式穀維彼不順征以中垢大風有隧
貪人敗類聽言則對誦言如醉匪用其良覆俾我悖

此懷良心者則所爲皆善彼懷不順之心者則所
行皆汚凡遇貪濁者皆當大風之衝安得不傷敗
也相聽從之言則對可諷誦之言則醉不用其良

而反使爲悖者故良人褱不順之人盛也
嗟爾朋友予豈不知而作如彼飛蟲時亦弋獲既之陰女反予來赫民之罔極職涼善背爲民不利如云不克

朋友疑其在朝廷無所別白故曉之曰我豈不知而無所爲如蟲之飛可弋而獲蓋小人陰于汝而陽于我而任事之人主薄而不主厚喜背而不喜面既能爲不利則或恐不勝故不如且已也曉之辭也

民之回遹職競用力止民之未戾職盜爲寇涼曰不可止覆背善詈雖曰匪予既作爾歌

民之所以多端皆在職者主競故競者用力也民之所以未定皆在職者主盜故盜者爲寇也薄言不可則已反于背肆詈汝雖自以爲非我欲推怨他人然已爲爾作歌烏能掩其惡而文其奸也言歌可諷而人喜傳也

聞音曰塡池鄰切天鐵因切爐旁紐作辛叶頻溺奴學切瞻職艮切相思將切迪徒沃切垢居六切悖蒲昧切獲黃郭切赫黑各切背必墨切民之未戾止不可覆背善詈終爾歌可歌相叶吳氏不得

謂之未詳也集韻可歌皆居何切

聞物曰甡甡鹿精采貌鹿在林而人遇谷言鹿之不如也

聞人曰序以爲芮伯毛氏以爲芮良夫益承左氏其言既明當從所譏詆之小人當是榮夷公之徒也

聞跡曰作此詩者當是或行或居山野之中其首言桑其次言水其次言草其次言蟊其次言禾其次言林其次言鹿其次言谷凡再其次言風隧亦再其次言弋蟲良夫或以正言不容退處未可知也

聞事曰風起則塵埃肆揚人物不見今西北多然逆風而行尤不可故曰如彼遡風亦孔之僾僾與愛同風衝則草木頹偃隧道卽成今西北猶然大率多在山蹊之間故曰大風有隧有空大谷谷讀作浴民敬事稼穡肅敬也從事草間荓草也反以爲緩嫚是欲奪民力以與代食者也皆代食之人蔽上如此樊氏詆王氏是謂我耕稼而汝食之相傳不平之語史書文言爾

總聞曰君子小人不可以雜處雜處則小人必勝

君子必負此詩反覆委曲如此然所謂維此者實何所設施維彼者實何所懲艾當時之治亂興亡可見

雲漢八章

倬彼雲漢昭回于天王曰於乎何辜今之人天降喪亂饑饉薦臻靡神不舉靡愛斯牲圭璧既卒寧莫我聽

首二句興有嘒其星同意言無雨狀也何辜今之人一句辭端已切當

旱既大甚蘊隆蟲蟲不殄禋祀自郊徂宮上下奠瘞

靡神不宗后稷不克上帝不臨耗斁下土寧丁我躬

寧丁我躬一句語意又切當告困于后稷又告困于上帝

旱既大甚則不可推兢兢業業如霆如雷周餘黎民靡有孑遺昊天上帝則不我遺胡不相畏先祖于摧

告困于昊天上帝又告困于先祖

旱既大甚則不可沮赫赫炎炎云我無所大命近止靡瞻靡顧羣公先正則不我助父母先祖胡寧忍予

告困于羣公先正又告困于父母先祖

旱既大甚滌滌山川旱魃為虐如惔如焚我心憚暑

憂心如熏羣公先正則不我聞昊天上帝寧俾我遯
又告困于羣公先正又告困于昊天上帝寧俾我
遯欲棄天下而逃困之極也
旱既大甚黽勉畏去胡寧瘨我以旱憯不知其故祈
年孔夙方社不莫昊天上帝則不我虞敬恭明神宜
無悔怒
又告困于昊天上帝又告困于明神憯不知其故
此災衆知其自厲王而稱不知其故者爲父諱也
旱既大甚散無友紀鞫哉庶正疚哉冢宰趣馬師氏
膳夫左右靡人不周無不能止瞻卬昊天云如何里

告困于庶正羣臣又告困于昊天
瞻卬昊天有嘒其星大夫君子昭假無贏大命近止
無棄爾成何求爲我以戾庶正瞻卬昊天曷惠其寧
又告困于昊天又告困于大夫君子庶正何求爲
我言何必求我我將遯也羣公三公也先正羣公
之先正也已往者也書昔先正保衡孔氏正長也
庶正現存者也如天官宮正地官黨正之屬統言
之也冢宰言其長也天官膳夫地官師氏言其屬
也左右統言之數官言皆近王也靡人不周天官
酒人之屬地官封人之屬無人不及也大夫中大

夫下大夫之屬是也君子統言之數官皆美稱也言官僚錯綜參差又非可以十月之交爲例也宣王求天求帝求神求先祖求父母而又求于臣言我雖棄位臣則受戾故未忍去而若冀寧也

聞音曰天鐵因切臨力中切皇矣臨衝韓氏作隆衝臨當讀作隆推吐雷切遺夷回切顧果五切助狀所切予演女切川樞倫切遯徒勻切莫幕故切虞元具切宰獎禮切今南人以兒爲子獎禮切又爲宰亦獎禮切子宰皆通右羽軌切正諸盈切云如何里將如之何言討窮也里辭也今北人猶有此音

聞人曰序以爲仍叔美宣王也尋詩皆王辭是時喪亂方繁不見天下喜王化復行王自憂不見百姓見憂他稱召康公召穆公凡伯衞武公芮伯惟芮伯粗可攷然皆美諷譏切以爲他人所作猶之可也至仍叔決非叔辭按經世宣王癸酉即位大旱之甚必其初基之時曾桓五年天王使仍叔之子來聘左氏仍叔之子弱也杜氏譏使童子出聘故本父字自宣王初年至是得一百二十三年而其子尚幼當亦未及弱冠也如此方仍叔能爲文

美君之辭官爲大夫則非幼稚者也大約以其年度之一百四五十歲而百餘年生子亦似非人情識者更詳

總聞曰兩言大命近止言將亾也非是哀辭實有此理不諱此字然後可以感人動神也

崧高八章

崧高維嶽駿極于天維嶽降神生甫及申維申及甫維周之翰四國于蕃四方于宣

申申伯也甫仲山甫也鄭氏以甫爲訓夏贖刑之甫侯相去近二百年所不可曉

亹亹申伯王纘之事于邑于謝南國是式王命召伯定申伯之宅登是南邦世執其功

王命申伯式是南邦因是謝人以作爾庸王命召伯徹申伯土田王命傅御遷其私人

申伯之功召伯是營有俶其城寢廟既成既成藐藐王錫申伯四牡蹻蹻鉤膺濯濯

王遣申伯路車乘馬我圖爾居莫如南土錫爾介圭以作爾寶往近王舅南土是保

至是遣行也王舅非獨申伯一人故曰往近王舅當是諸舅先有在謝者今與相近時申伯在諸舅

之中最尊故曰王之元舅也
申伯信邁王餞于郿申伯還南謝于誠歸王命召伯
徹申伯土疆以峙其粻式遄其行
至是餞行也以謝爲國故自西而南稱還歸
申伯番番既入于謝徒御嘽嘽周邦咸喜戎有良翰
不顯申伯王之元舅文武是憲
至是始至國也申伯皆稱王命王錫王遣王餞皆
憑宣王之威靈而已則缺然故稱不顯此周邦所
以咸喜也若申伯以屬行之尊委寄之重夸燿矜
驕以是爲顯人情方且不平何由皆喜也

申伯之德柔惠且直揉此萬邦聞于四國吉甫作誦
其詩孔碩其風肆好以贈申伯
聞音曰天鐵因切翰胡干切蕃分邅切式失吏切
伯逋莫切邦卜工切田他因切馬滿補切寶博抱
切行戶郎切番分邅切翰胡干切憲虛言切國越
逼切碩常約切伯逋莫切
聞跡曰謝在汝南謝城後以封爲氏郿在長安郿
縣音媚恐當與歸相叶音眉
總聞曰古有五嶽爾雅河南嵩河西華河東岱河
北恒江南衡又泰山爲東嶽華山爲西嶽霍山爲

南嶽恒山爲北嶽嵩高爲中嶽書四嶽謂東西南北也嵩在中帝者之鎮域故不使臣掌之毛氏徒知爾雅山大而高曰崧而不攷嵩高爲中嶽二說皆爾雅也何獨舍一而取一當是欲附合四嶽之義故遺一嶽而不知闕中中者五數也又當是以崧嵩異字而不知通用也于是以堯時姜氏掌四嶽于周則有甫有申有齊有許也又以嶽降神靈和氣以生申甫之大功止須後說不須前說申甫皆當是此境所生故申伯封謝山甫封樊嵩高爲太室屬豫州

烝民八章

天生烝民有物有則民之秉彝好是懿德天監有周昭假于下保茲天子生仲山甫

民之秉彝好德蓋其常稟然天有特爲時而生者則與常稟不同所謂出乎其類拔乎其萃者也

仲山甫之德柔嘉維則令儀令色小心翼翼古訓是式威儀是力天子是若明命使賦

王命仲山甫式是百辟纘戎祖考王躬是保出納王命王之喉舌賦政于外四方爰發

肅肅王命仲山甫將之邦國若否仲山甫明之既明

且哲以保其身夙夜匪解以事一人
人亦有言柔則茹之剛則吐之維仲山甫柔亦不茹
剛亦不吐不侮矜寡不畏彊禦
人亦有言德輶如毛民鮮克舉之我儀圖之維仲山
甫舉之愛莫助之袞職有闕維仲山甫補之
仲山甫出祖四牡業業征夫捷捷每懷靡及四牡彭
彭八鸞鏘鏘王命仲山甫城彼東方
四牡騤騤八鸞喈喈仲山甫徂齊式遄其歸吉甫作
誦穆如清風仲山甫永懷以慰其心
至是方徂齊也當是東方有大變故山甫自上卿

出將命恐是厲公胡公子之亂
聞音曰下後五切謨郎切寡果五切圖動五切
及極業切彭鋪郎切喈居奚切風孚愔切蔡氏君
子博文貽我德音辭之集矣穆如清風正用此詩
惟若賦難叶盖在下字上作叶也是使相叶讀至
是少止若使作餘聲可也古文難執定律當通方
也
聞訓曰詩言東又言齊其爲東齊必然爾雅以爲
齊疾也郭氏引仲山甫徂齊實之此書蓋可疑也
而釋者亦未必其人其人盖亦博達者也識者更

詳

總聞曰齊亂在宣王卽位之三年立公子赤誅殺厲公者恐是山甫所畫按司馬氏胡公自營丘徙薄姑獻公自薄姑徙臨淄經世蓋在厲王丁未至宣王初立得二十七年而毛氏以爲古者諸侯之居逼隘則王者遷其邑而定其居蓋去薄姑而遷臨淄也不應以二十三年之前兩世之後而始與之定居則祖齊者其爲定無忌胡赤之亂審也

韓奕六章

奕奕梁山維禹甸之有倬其道止韓侯受命王親命之纘戎祖考止無廢朕命夙夜匪解虔共爾位止朕命不易榦不庭方以佐戎辟

自纘戎祖考至以佐戎辟當是冊命之辭如平王冊晉文丕顯文武克愼明德昭升于上敷聞在下下叶武如桓王冊晉文敬服王命以綏四國糾逖王慝慝叶國靈王冊齊莊世胙太師以表東海王室之不壞緊伯舅是賴又纂我祖考無忝乃舊亦多韻語不然則是增損其文入詩大率古文多韻語并有意作爲天機所動語音自律也

四牡奕奕孔脩且張韓侯入覲以其介圭入覲于王

止 王錫韓侯淑旂綏章簟茀錯衡 止 玄袞赤舄鉤膺
鏤錫鞹鞃淺幭鞗革金厄
此自韓城覲京都也
韓侯出祖出宿于屠顯父餞之清酒百壺其殽維何
炰鼈鮮魚其蔌維何維筍及蒲其贈維何乘馬路車
籩豆有且侯氏燕胥
此自京師歸韓國也屠當作杜謂杜也古屠杜
通用左傳晉大夫屠蒯禮記作杜蕢胥恐亦是地
名當是揟次也揟次與休屠相近屠胥恐是此識
者更詳古今遼邈無由可見其的但以所載稍可

附近者又以人情事理推之庶乎其可也顯父周
大夫侯氏三水姓
韓侯取妻汾王之甥蹶父之子韓侯迎止于蹶之里
止 百兩彭彭八鸞鏘鏘不顯其光 止 諸娣從之祁祁
如雲韓侯顧之爛其盈門
鄭氏汾王謂厲王也厲王流于彘彘在汾水之上
故時人因以號之猶莒郊公黎比公此亦善推古
也
蹶父孔武靡國不到為韓姞相攸莫如韓樂 止 孔樂
韓土川澤訏訏魴鱮甫甫麀鹿噳噳有熊有羆有貓

有虎慶既令居韓姞燕譽

　蹶父姓姞母姓當是蹶氏取南燕姞氏有此女女
戎隨母姓故蹶獨稱父也古燕在滑州燕譽言母
黨亦喜而譽之也毛氏以燕作安殆未嘗細攷也

溥彼韓城燕師所完以先祖受命因時百蠻王錫韓
侯其追其貊奄受北國因以其伯實墉實壑實畝實
籍獻其貔皮赤豹黃羆

　韓城在周畿當是昔封時國中有燕人今又燕甥
來爲國母皆韓人喜之辭也韓之先祖或曰周成
王之子封韓或曰周武王之子封韓後避難爲寒

氏據諸家舊說多言武王之子所謂先祖即始受
封者也不知主名其後易韓爲寒亦有此理晉封
武子于韓當是再續當時周疆多雜夷種追貊當
是韓城以北相附近者也氐羌亦當是韓城以西
相附近者也韓侯特受命統在北者爾尋詩當是
其祖所隸

聞音曰解古義切易夷益切辟必歷切衡戶郎切
幭莫歷切厄於栗切彭鋪郎切樂魚敎切籍祥龠
切

聞事曰出祖者二仲山甫出而如祖之儀上云纘

我祖考是也韓侯出而如祖之儀下云以先祖受
命是也陳氏此說亦新然不必如此過用意也左
氏昭公適楚夢襄公祖襄公適楚夢周公祖杜氏
祖祭道神也毛氏軷道祭也用此爲安
聞跡曰韓城在同州梁山在韓城縣孟子所謂去
邠踰梁山邑于岐山之下居焉
總聞曰雅之餞有二王餞于郿王親餞也顯父餞
之卿往餞也此詩之餞有二顯父之餞在屠者也
侯氏之燕在胥者也其禮則殺其儀則隆此足見
宣王待申伯韓侯有差

江漢六章

江漢浮浮武夫滔滔匪安匪遊淮夷來求既出我車
既設我旟匪安匪舒淮夷來鋪
陳氏江漢常武同爲宣王淮夷之詩江漢之滸王
命召虎是淮南之夷率彼淮浦省此徐土是淮北
之夷亦善推古者也
江漢湯湯武夫洸洸經營四方告成于王四方既平
王國庶定時靡有爭王心載寧
江漢之滸王命召虎式辟四方徹我疆土匪疚匪棘
王國來極于疆于理至于南海

至七閩八粤則自淮以南之夷此說爲的也

王命召虎來旬來宣文武受命召公維翰無曰予小子召公是似肇敏戎公用錫爾祉

周冊命臣下各有所無定處伯姬鼎王在周康穆宮寢入門立中庭北鄉史恭受王命書王呼史藏冊錫寰此當是在周文武宮也旬當是史名宣當是命書也

釐爾圭瓚秬鬯一卣告于文人錫山土田于周受命自召祖命

此文人召虎先世也古彝器多稱文考宰辟父敦

用對揚王休命用作文考寶敦識敦對揚王休用作朕文考寶敦師毀敦對揚皇君休用作朕文考乙仲寶敦大夫始鼎對揚天子休用作文考日巳寶鼎古者美稱莫如文故君以稱臣之先臣亦以自稱其先亦有稱皇考者郝敦對揚天子休命郝用作皇考龔伯尊敦亦有稱皇文考者牧敦敢對揚王丕顯休用作朕皇文考益伯寶尊敦大牽稱文考爲多古者錫有功則必有彝器以紀其事以告于家廟敦鼎食器宰辟父敦之類是也卣飲器此秬鬯一卣是也書文侯之命汝肇刑文武用會

紹乃辟追孝于前文人與此詩相符其先稱文武則所謂文武受命是也次自稱則所謂無曰予小子是也不以我沖君不足紹文武而但盡爾力以似召公也次稱其先則所謂告于文人是也書先稱汝克昭乃顯祖孔氏唐叔也次追孝于前文人孔氏繼先祖之志爲孝則謂唐叔也此文人當是召祖也于周受命文武周之始祖當是于文武之廟受命也爾祖當時受命于文武爾此時亦宜受命于文武蓋文武旣有賢臣又有賢孫皆文武所肇也非我敢私也

虎拜稽首天子萬年虎拜稽首對揚王休作召公考天子萬壽 止 明明天子令聞不已矢其文德洽此四國

召公答冊命之辭不稱文武者已拜命于文武之廟此則拜恩于宣王之廷略見古者冊命功臣之制

聞音曰滔他侯切湯普羊切定唐丁切海虎猥切翰胡干切似養里切命彌併切考去久切壽殖酉切國越逼切

聞訓曰肇始也戎大也自此加敏以大召公之烈

言自召公之後初有虎也
聞人曰作召公考召公康公也召虎祖也考召虎父也王命多及召祖故兼祖考答之古者臣謝君之賜其器多然宰辟父敦對揚王休用作朕文考寶敦𢦏敦對揚王休用作朕文考寶敦此必有器上所謂卣者殆是又知對揚王休者對揚王之休而已承之也下作召公考王命始作之也古亦有兼祖考而作器㫒敦作皇祖益公文公武伯皇考龔伯鼎彝厲鼎用作皇考文考孟鼎兼祖考而言之者也

總聞曰後二章一則宣王冊命及俾作彝器大略之辭一則召虎答冊命及所作彝器大略之辭亦當是採當時冊命實語又采當時彝器實語合而成此詩韓侯止有冊命一節比此差略

常武六章

赫赫明明王命卿士南仲大祖大師皇父整我六師以修我戎既敬既戒惠此南國

此詩無命題字義所命之卿士南仲為太祖官為太師字為皇父當是自南仲以來累世著武故曰常武或曰古者有功則書之太常舉南仲載在太

常之武功以命其孫故曰赫赫明明日月至周始
自衮升常此義差長
王謂尹氏命程伯休父左右陳行戒我師旅率彼淮
浦省此徐土不留不處三事就緒
姓則程爵則伯字則休父當是副皇父者尹氏掌
命之官疑是史也厖敦王呼史大冊命厖牧敦王
呼內史吳冊命牧古冊命臣下多史掌之此初曰
王命卿士次曰王謂尹氏疑先所稱王命者卽尹
氏也古文語法如此史尹氏命二人而于後結之
赫赫業業有嚴天子王舒保作匪紹匪遊徐方繹騷

震驚徐方如雷如霆徐方震驚
王奮厥武如震如怒進厥虎臣闞如虓虎鋪敦淮濆
仍執醜虜截彼淮浦王師之所
王旅嘽嘽如飛如翰如江如漢如山之苞如川之流
緜緜翼翼不測不克濯征徐國
王猶允塞徐方既來徐方既同天子之功四方既平
徐方來庭徐方不回王曰還歸
聞音曰士公土切父扶雨切戒訖力切國越逼切
緒象呂切業宜御切騷蘇侯切怒暖五切苞逋甌
切國越逼切來六直切

聞字曰戎吳作戍棠棣烝也無戎亦作戍然棠棣
不必此爲戍可用

聞事曰其初王舒不甚怒也止欲保安其作業而已其次王奮乃甚怒也王怒故將亦怒所謂虓虎執虜當是不可招來不受慰撫故至于殺伐向使如淮夷卽來求來鋪則無事此也大率淮南之夷弱淮北之夷强

總聞曰江漢常武均爲淮夷之詩然江漢差易常武若用力過多設辭過周舊說預告徐土之民不久處于是汝三農之事皆就其業爲之驚怖先以

言安之又我非解緩非遨遊徐國傳遽之驛見之知王兵必克馳走以相恐動雖未必全然亦有是理當是皇父德望信譽不及召虎故徐方驚逸擾動易克而難安其末寵勞之禮遠不及召虎亦其入其功自有差降

瞻卬七章

瞻卬昊天則不我惠孔塡不寧降此大厲止 邦靡有定士民其瘵蟊賊蟊疾靡有夷屆止 罪罟不收靡有夷瘳

蟊賊蟊疾貪者也罪罟虐者也二者士民之所以

皆病也
人有土田女反有之人有民人女覆奪之此宜無罪
女反收之彼宜有罪女覆說之
哲夫成城哲婦傾城止懿厥哲婦爲梟爲鴟婦有長
舌維厲之階止亂匪降自天生自婦人止匪教匪誨
時維婦寺
此推言蠧賊罪罟所由起自婦人寺人也故曰時
維婦寺
鞫人忮忒譖始竟背豈曰不極伊胡爲慝如賈三倍
君子是識婦無公事休其蠶織

此又推言婦寺所由冒自君子也故曰如賈三倍
君子是識大率商賈者一賣一買一識謂牙儈也
此所謂三倍當時在重位而稱君子者乃商賈之
牙儈也賤之辭也
天何以剌何神不富舍爾介狄維予胥忌不弔不祥
威儀不類人之云亡邦國殄瘁
天何以災異而責王神何以不富盛而厚王則天
神之意可知何不念爾之害介冑一害也夷狄二
害也此則不問而惟我相忌其爲害者不在我而
在彼也怨之辭也災則不弔不畏天者也威儀則

不善不作人者也有人相助猶或庶幾又云亾則必殄瘁矣亦怨之辭也

天之降罔維其優矣人之云亾心之憂矣天之降罔維其幾矣人之云亾心之悲矣

天之降罔甚寬柔必能觸維人云亾則可憂賢人去則天罔逼矣此不恨王之不弔不類而痛人之云亾也憂之辭也

觱沸檻泉維其深矣心之憂矣寧自今矣 止 不自我先不自我後藐藐昊天無不克鞏無忝皇祖式救爾後

泉久則愈深心久則愈憂此時不在我先不在我後適然當此豈非天乎傷之辭也苟能盡固其民不忝于祖尙可救其後所謂往者不可諫來者猶可追此又愛之辭也

聞音曰說王氏引此詩作脫叶奪如此則收旁紐作受叶有兩上叶兩下叶皆隔句叶也階居奚切天鐵因切寺祥吏切背必墨切富方未切天如本音先祖後以爲不叶大率武部有兩聲通用藪隴主切亦蘇后切斗腫庾切亦當口切婺部有兩聲亦通用注抹遇切亦丁候切逗廚遇切亦他候切

不可悉數則後亦可叶祖籠五切

總聞曰一顧傾人城再顧傾人國非不知傾城與傾國佳人難再得此語所從來已久也聰明才略之君不以再傾爲懼而以再得爲難所謂懿厥哲婦也

召旻七章

旻天疾威天篤降喪瘨我饑饉民卒流亡我居圉卒荒

當是旣有小旻大旻故以召加旻末章有召公也

天降罪罟蟊賊內訌昏椓靡共潰潰回遹實靖夷我邦

我居圉卒荒言彫殘也寔靖夷我邦言寂寞也以靖夷爲佳語則非

皋皋訿訿曾不知其玷兢兢業業孔塡不寧我位孔貶

皋皋大言也訿訿小語也不自知其爲玷惡小人之辭也人心危則君位危憂君之辭也

如彼歲旱草不潰茂如彼棲苴我相此邦無不潰止

苴當作蒩車前草也遇旱而草亦如此未其可知草亂茂原野之中多然今不散則不茂言彫瘁也

且指一物言之如車前最耐旱亦棲止不橫逸他草可知我觀此邦反無不散者草當亂而不亂人不當亂而反亂物反性則無生意

維昔之富不如時維今之疚不如玆彼疏斯粺胡不自替職兄斯引

昔之富多君子不如今之富多小人也昔之病少君子不如今之病少小人也言相反也維時以爲茱此時以爲米以茱爲米可見君子之窮病也我不退而自默而尙爲位之長此事甚大言可慮也此章言胡不自替職兄斯引下章言職兄斯弘不裁我躬語參差則文遒健

池之竭矣不云自頻泉之竭矣不云自中溥斯害矣職兄斯弘不裁我躬

池竭不肯言自瀕諱無外注之水也泉竭不肯言自中諱無內發之水也言外之善言不來內之善言亦不來彼旣諱言人皆以何不勿言相戒我猶居位之長此事甚大又言可慮也此在高位任重事而無可柰何徒懷深憂慮後患也

昔先王受命有如召公日辟國百里今也日蹙國百里於乎哀哉維今之人不尙有舊

維今之人豈不有似舊者言亦有召公之流但無先王爾所謂天生堯舜禹稷自至者也

聞音曰喪蘇郎切訌戶工切共居容切邦剝工切茲津之切中諸仍切害何葛切躬姑宏切舊巨已切上以二里相叶

聞字曰朁亦作朁當作朁案朁說文作朁或从兟作朁是朁卽朁字下文不當云以似而轉此兟从二兟作朁說文先首笄也簪俗先从竹从朁當卽此朁字朁从之得聲乃與下文側吟切正合今俗書朁亦从兟者誤也以似而轉側吟切正語之聲也呼音合引當作弘亦以似而轉胡肱切朁弘相叶兩章皆稱職兄斯弘作引無謂

總聞曰古稱昏亂之時如幽如厲益無以加也然觀發爲篇章舒爲歌咏有不諱之朝所難言者至唐猶有此風元白反以此得名而時君世貴未有遑憾者也至其亾也鄭綮猶以此結縣知躐大位古風雖替而未盡絕也

詩總聞卷十八

後學　王簡　校訂